そそら　そらそら　わたしのダンス

松下たえ子

思潮社

II　母をたずねて

III　人の子はみな踊る

装幀＝思潮社装幀室

雁が渡る

旅に出て
鞭打たれた
くずおれた
従順なロバのように歩いた
笛を吹き吹き踊ったこともある
花も嵐もあった旅
行き倒れないで帰って来た

雁が渡る　はるばる渡る
秋の空

I　アリスの国

幸せな旅人

異国のカフェに座り
暮れなずむ街を見ている
病後間もない旅人

冬枯れの梢
今夜の宿はある
明日の予定は特にない
本を読む人
紙に何やら絵のようなものを描く人

語らう恋人たちのいる夕暮れのカフェ

船はもう出た
乗船名簿から名前が消えた
取り残された幸せな旅人

生きている
死んでいる
もつれて揺れる夢の糸

虹色の川

虹色に濁った川を流されてゆく
中州のようなところに打ち上げられては
しばらく遠くを眺める
濡れた手足を眺める

そこはベルリン
寒い年だった
クーダムの雑踏を
一人の若い男が歩いていた

抜きん出て背が高く
ギリシャ神話の美しい神のような顔だち
しかしぶ厚いコートを着た人びとのなか
人目をひいたのは彼の美貌ではない
いつかは白かっただろうワイシャツに
古めかしい黒の背広
ズボンははいておらず
下着から　二本の長い脚
すね毛が夕日に光っていた
素足に黒いドタ靴
どこかに視線を定めて
交差点を泳いで行った

あのアポロは
どこから流れてきたのだろう

虹色の川は
どこに繋がっているのだろう

アリスの国

夫と二人で大通りに立って
タクシーが通りかかるのを待った
赤いキャリーを引いて
大きなバッグを肩にかけているのは夫

タクシーのドアが開くと
重い緞帳がさっと上がり
その向こうに連れ去られた
あっ　うさぎの穴に落ちてゆく

タクシーが病院の玄関に着いたと夫は思った
アリスの国に落ちて来たとわたしは思った
白衣の人が入院患者を連れに来た
この青い薬を飲んで下さい

廊下に手袋を落とした
診察室の隅に猫を怖がる鼠がいた
ベッドの下には青い芋虫
アリスの国をさ迷う日々

夫は
本を読むのをやめて
木の下のベンチに座り
じっと空を見ていた

わたしの秘密

歯を食いしばる
呻く
何かが身体を駆け巡る
突く　押す　打つ　引っ張る　切る　捩じる　裂く
歯を食いしばる
呻く
すべてに終わりはあるはずだ
いつかは過ぎる　化学療法の苦しみだって
目をあげて時計を見ると

さっきからまだ五分もたっていなかった
拷問に耐えて自白しなかった人もいる
それを思えばと笑った隣室の老婦人
この拷問に耐えて
守り抜く秘密とは

ラーメン屋

お昼にパジャマを脱いでかつらをつけて
こっそり病院を抜け出し一番近くのラーメン屋に行く
青い事務服のおねえさん　黄色い作業服のおにいさん
隣に座ってラーメンをすする

半分残したどんぶりの前でうっとりしている
太陽と雲が病室の窓を動いて行った
夜はじっと居座った
五カ月もなのか　たった五カ月なのか

ラーメン屋を出るとまっ青な空
夏の陽射しを浴びて
物たちがみな突然輝きをまし
生の賛歌と追悼歌を同時に歌っていた

火事だ

火事だ
火が消せない
一生懸命消そうとするのに

いったん消えたかに見えても
あちらに　こちらに　また火の手があがる
枯野の赤い火　月夜の青い火

早く一一九番しなくては

という病床での夢

その晩はガスの火だった
消したはずの台所でガスの火が燃える
ガス管は至るところを　迷路のように走っているので
消しても、消しても、青い火が
あちらで噴き出す　こちらで点る

わたしの命が漏れている

ありがとう

生きていさえしたらよいものか
ただ生きているだけでよいものか
生き延びたと分かってから時がたつと
そんな考えが頭をもたげた

そう　生きていさえしたらよい
あなたが生きているのがうれしい
そのあなた　あのあなた
通りを行くわたしの知らないあなたたち

みんなが生きているのがうれしい
みんな　生きていてくれてありがとう

ダンサー

わたしの脚は短すぎる　わたしの腕も短すぎる
だからわたしは踊れない

いつか外国の舞台で　卵のように丸々と太った
女のダンサーのソロを見た
日本で　お腹がえぐれたように痩せて
乳房の垂れ下がったダンサーが裸で踊っていた
きれいだった

でもわたしはきれいじゃないから踊れない

重い病気になって苦痛に襲われると
身体が叫んだ
生きるんだ　生きるんだ
生きることは踊ること　生きることは歌うこと
短い脚でも踊れる　痩せていても踊れる
きれいじゃなくても大丈夫と
身体が心を励ました
わたしはわたしのダンサーですと
思い込むまで　執拗に

時計

手術も化学療法もいらないと言い張ったのに
説得され
手術もし化学療法も受けて退院した
発病前の予定から少し遅れはしたが
ひとり外国に行った

ドイツでアパートを借りた
家具付きだった
でも時計がなかったので

小さい時計を買った
外出の度　時計を買った

わたしの部屋は時計でいっぱいになった
食卓　食器棚　本棚　洗面台　トイレ　ナイトテーブル
床の上まで時計が時を刻んでいる
わたしの生きる時間
いっぱいある

還ってきた

アリスの国の出口は
大河だった
流され　泳いで
故郷の岸にたどり着いた

還ってきた　還ってきた
朝はまた以前のように駅へと急ぐ
駅の階段　四十九段
灰色の絶壁のようにそびえている

還ってきたので
草刈り場へ行かなくてはならない
今朝も草刈り場行きの
電車に乗る

草を刈る　強い陽射しを浴びて　草を刈る
雨が降っても　草を刈る
お昼を食べてまた　草を刈る
夕方まで　草を刈り　電車に乗って家へと急ぐ

還ってこられてよかった
還ってきてよかった
そう意識することもなくなった
草刈り人の一日

II

母をたずねて

旅の人

代々その地に住んだ人は
よそから来た人を
旅の人と呼んだ
父母は旅の人
子供たちは大人になると家を出て
別の土地に移って行った
母は百歳まで生きて
その数か月前
手帳に長い自伝を書いた

私はここで生まれた
私は結婚しなかった
ずっとひとりで暮らしたと書いた

母をたずねて

よそのおばさんがわたしを見て言った
この子はお母さんそっくり
よそのおじさんが言った
この子はお母さん似だね

いやだ　ちがう
この人はわたしの母ではない
この人はわたしの本当の母ではない
いやだ　ちがう　といつも思った

本当の母に会いたかったので
本当の母を探しに行った
わたしは日本のマルコちゃん　母をたずねて三千里
ジェノバ　コルドバ　トゥクマン　母をたずねて三千里

ベルリン　ニューヨーク　イスタンブールにもいなかった
本当の母も　本当の本当も　わたしの心の中にしかない
生みの母は義理の母で育ての母だ
と長い時間をかけて悟った

結婚してからもうひとり義理の母ができた
実の母よりももっと母らしい母もどきの人が何人もできた
だからわたしは孤児ではない
孤児になれなかった大きな幸せと　ほんのちょっとの不幸せ

紫苑

おひめさまのかいた
しおんのうたが
かぜにとばされたので
いっすんぼうしがひろってきてあげました

お姫様になりたかった女の子が書いた
はじめての詩
お姫様になりたかった娘《こ》が見た
紫苑の花

いつか紫苑は絶え
弁慶草も擬宝珠《ぎぼし》も絶えたが
娘の母は老人クラブの草花会で
次々と新しい花をもらってきて庭に植えた

クチナシの白い花咲くある年六月
老人介護施設に移ったお母さん
クチナシが黄色い実をつける頃
母の記憶の葉が落ちた

遠からず廃屋となる家の庭
すだく虫の音が紫苑のうたを唄う

別れ

まだとても幼い頃
何か悪さをしたのだろう
母がわたしを厳しく叱った
とても厳しく叱ったので
わたしは大声をあげて泣いた

わたしはわめき続けた
おかあちゃん
おかあちゃん

おかあちゃん

ふと思った
これはおかしい
おかあちゃんはわたしを罰している
そのおかあちゃんを泣き求めるのはへんだ

わたしは泣きやんだ
母との最初の別れだった

それからわたしは何度も母と別れた
何度も何度も別れては胸を張った

そして今は
最後の別れが来るのを恐れている

野底山

家出したいと思っている少女がいた
妹と弟は悲しむだろう

思いとどまった少女は
夜ごとに　夢を見た

夜　玄関の鍵を開け　そっと暗闇に立つ
村道を登り
森を抜け

野底山に入る
夢はいつもそこで終わった

野底山のむこうは山で
そのまたむこうも山
でも山々のずっと先には
海があった

少女は成人するとその海を渡った

海の彼方で訝った
なぜわたしの夢は
野底山を越えられなかったのか

ピアノ

ピアノが欲しかった
白い鍵盤　黒い鍵盤
叩くと歌う
不思議なピアノ

家にピアノがあるのと
友達に言ってみた
友達は先生に告げた
おうちにピアノがあるんだって

授業参観日
先生は母に話した
家に帰った母は言った
嘘をついてはいけないよ

嘘つきは泥棒の始まり
嘘をついてはいけません
若くて綺麗なわたしの大好きな先生
先生はわたしを嘘つきと思ったのだろうか

その日から
わたしのファンタジーが姿を消した
わたしは本の中のファンタジーの
さすらい人になった

マレットゴルフ

狭い岩道を歩いていた
母を背負っていた
岩道は上りになったり
下りになったりする
険しい道だった
背負った母が動かなくなったので
降ろして母の顔を覗くと
顔の真ん中が十字架の形に抜けていて
そこから向こうの海の景色がはっきりと見えた

外国へ長旅をしていた時
そんな夢を見た
母は一人暮らしを楽しんでいるはずだった
でも　もしやと思うと胸騒ぎした
やっと繋がった公衆電話の向こうで母が言った
あんた元気
今日は天気がいいから
マレットゴルフをやってきたのよ

もう三十年も前のこと
母はもうマレットゴルフをしない
母はもう歌わない
わたしは時々母を背負っているような気がするけれど
胸騒ぎはしない

わたしの焚書

娘はゴミ袋に母の古着を詰める
古着といっても真新しい衣類
押入れから降るように崩れ落ちる
似たり寄ったりのブラウスとセーター

娘はその膨大さに嘆息し怒る
なんという無駄遣い
母が着ていたブラウスやセーターはいつも同じ
なのになぜ山のような新品の衣類なの

それから年月が流れ　娘が束ねているのは自分の本
本の山を切り崩して束ねる
なぜこんなにたくさんの本を持っているのだろう
なぜ同じような本をこんなに買ったのだろう

束ねていたのは本ではなくて
希望だった
古本屋も引き取ってくれない本ではなくて
もう立ち上がれなくなった望み

母の膨大な買い物は
生きる証
生きている　もっと生きたい
もっと楽しみたい

合歓《ねむ》の花

野道のはずれに合歓の樹があった
合歓の花は淡く優しい糸のよう
明るく揺れる夏の花

子供たちはその樹のそばに来ると
その葉を撫でては歌った
合歓　合歓　眠れ

子供に悪魔という名をつけようとした親がいたと

新聞で読んだ
わたしの母はわたしに悪魔という名をつけなかった

けれどわたしが生まれてくることは
母には大きな不運だった
取返しのつかない大きな不幸

母の不運不幸は
生まれてきた子の不運不幸となった
その子がそれを知ってからは殊更

ある夏の朝　母が電話をくれた
お誕生日おめでとう　今朝ラジオで聞いたの
今日の花は合歓　花言葉は歓喜ですって

わたしの誕生日の花は合歓
花言葉は歓喜
わたしはもう五十歳を過ぎていた

けれどその日からわたしは幸せな子になった
母がくれたもののうち一番いいもの
花言葉は歓喜

Ⅲ　人の子はみな踊る

人の子はみな踊る

病後　足が痺れて
歩けなくなった
鏡の前に這って行き　腕を動かし胴体を揺すり
歌いながら踊った

鏡がなくてもひとりで踊った
それからデュオで踊った
障害と共に年を重ねる福岡の友
波多江輝子さんと踊った

本と週刊誌の吊るし広告で知った
乙武洋匡さんと踊った
それから
みんなと踊った

ビールとサンドイッチの好きな
村上ワールドの若者たちと踊った
そう
人の子はみな踊る

スプーンの柄

むかし
酒場で話していた人がいた
西脇順三郎さんが言っていたんだよ
スプーンの柄の端を持った時の
重みの感覚
これを書きたいんだと

その人が書きたいのは
国鉄武蔵小杉駅だという

ホームに溢れる勤労者たち
そこはかとなく漂う小便の匂いを

時は流れて
ＪＲ武蔵小杉駅は
住んでみたい町リスト上位の町の駅
鏡を覗くとわたしは老婆に変身していた

その老婆がもう一人の老婆に言う
ハイ　おかあさん　お口開けて
スプーンを握った腕が重い
わたしたちの変態《メタモルフォーゼ》

しっかり握ったスプーンの柄には
重みを感じない

優しい村人

よそから来た人を
よそ者とは呼ばず
旅の人と呼ぶ
優しい村人たちの住む村に生まれた

道ばたの花を摘んでままごと遊びをした
犬陰嚢《いぬふぐり》　蒲公英《たんぽぽ》　白詰草《しろつめくさ》　鉄道草《てつどうそう》　姫女菀《ひめじょおん》
花好きの老人が教えてくれた花の名前
日本の花も外国から来た花もあるんだよ

ずっとこの地で暮らし
それから海外に出て　敗戦後戻って来た人は
旅の人ではなくて
引揚者と呼ばれた

旅の人ではない村人がひっそりと暮らした部落
そんな部落があったことを優しい村人たちは隠し
別の地方にはそんな部落もあったのだよと
子供たちに教えた

村人たちの住む家の垣根には
可憐な薄紅色の花が巻き付くように咲いていた
貧乏葛っていうんだよ
後で植物図鑑を見たらヘクソカズラと出ていた

今日とは違う明日

横浜港で
見送りの人々が船を見上げていた
船客たちは片方の手で何本ものテープを握り
もう一方の手を振った

船は北上し　夜にはダンスパーティーがあった
津軽海峡を越える頃には
人々はもうベッドの中にいて
波のスイングに身を任せた

ナホトカで船を降り
ウラジオストックへ行った
駅のトイレの個室にしゃがんだが　ドアがなかった
シベリヤ鉄道でハバロフスクに向かった

鉄道はまっすぐ伸びて
車窓から見える景色は変わらない
平坦な大地を白樺が走って行く
緑の大地　六月のロシアの大地　青い空

三人掛けのソファに向かいあって座った六人の日本女性
東京でステノタイピストをしていましたが
会社を辞めてユーレイルパスで旅しますと二人連れが言った
イギリスへ夏期講習に行く高校の英語教員

ロシア人の車掌がお茶を運んできた
グラスに金属の美しい取っ手がついていた
温かく色美しいロシアの紅茶
これから紅茶はグラスで飲もう

向かいの三人はみな一人旅
留学した夫のところに行く女性
有名な流行歌手の姉という人は　パリを一度見てみたいと言った
並外れて背の低い女性はフィンランドへ

一度国外追放になったけど
またフィンランドで働きます
仕事は愛を売ることだと悪びれなく言うのを
みな感心して聞いていた

通路に立って外を見ている医大生はドイツで研修
私も妻と一緒にドイツへ行きますと老教授が言った
戦争で妻はドイツに帰れませんでした
二十八年ぶりの帰国です

一九六〇年代後半の旅
ハバロフスクからは飛行機でモスクワに飛んだ
今日とは違う明日
ここではないどこか

赤い靴

死ぬまで続けます
続けなくてはならないんです
赤い靴を履いてしまったから　とその人は言った
黒い靴　白い靴　茶色の靴の人は
家に帰ると靴を脱いで憩いの時を過ごす
赤い靴の人は靴を脱げない
赤い靴は踊る　執念の苦悩と陶酔
踊り続け　書き続け　造り続け
耕し続け　商売し続ける　倒れる日まで

どうして赤い靴を履いたか分からない
赤い色が好きだったからか
自分で選んだ覚えはない
親が選んでくれたのか
それしかなかったからか
赤い靴　赤い靴
踊り続ける赤い靴

なぜ

ドイツで友が自死した
次々三人の友が

最後に会ったのは渋谷の道玄坂
ばったり会って　一緒に喫茶店に入った
ここの鰯トーストおいしいよ　と彼は言った
うん　おいしい　鰯トーストが好きになった
机を並べた学生時代の話をした
それから一年後彼の訃報を聞いた

そのまた一年後　わたしは彼の住んだハンブルクへ留学した
ドイツ人の友人が　彼の部屋を見せてくれた
この窓から飛び降りたんだ
なぜ

わたしたちはボーフムの日本語学校で知り合った
彼女は日本の美大を出ると　デュッセルドルフの美大を目指した
試験は落ちたがドイツに留まった
仕事の後　わたしのアパートでよく一緒に食事をした
わたしがベルリンに引っ越した時　赤と青のハンカチをくれた
デンマーク製の可愛いハンカチ
彼女が死んじゃった　電話口で共通の友人が泣きながら言った
なぜ

彼はミュンヘンの自室で大量のクスリを飲んだ

失恋だろうか　論文が書けなかったからだろうか
日本の家族との関係が拗れたからだろうか
なぜ　と
ドイツに住む友らは問うた

わたしは生きている
なぜ

安寿と厨子王

安寿恋しや　ほーやれほー
厨子王恋しや　ほーやれほー

すると頭の上に
何か落ちてきた
わたしは父の膝の上から父を見上げた
父はわたしに絵本を読んでいた

父が泣いている

驚いて父を見ると
父はそれに気付いて
くしゃくしゃと笑い
すぐまた続きを読み始めた
子を恋う母　母を恋う子の物語

聞くこともなかった
話してくれることもなかった
父がわたしの父である前
どこで何をし　何を考えていたのかを

安寿恋しや　ほーやれほー
厨子王恋しや　ほーやれほー

朝

どこから来たのか分からない
いつ来たのかも分からない
憂愁夫人《フラウゾルゲ》が忍び寄り
わたしを抱くと
わたしの世界が灰色になった

音楽班で
我が胸に燃え立つ炎　青春悔いなし　と歌い
学園祭にはフォークダンスを踊ったが

憂愁夫人《フラウゾルゲ》の腕の中
心侘びての日々だった

大人になって　何不自由なく暮らし
ジャズダンスを踊ったが
憂愁夫人《フラウゾルゲ》の胸に抱かれ
心侘びて　生きているのが辛かった
朝になるのが辛かった

中年を過ぎる頃　大きな病気をした
手術の後の苦痛の日々に
身体があげた叫び声
生きよ
生きるんだ　生きるんだ

激しい叫びに飲み込まれ
憂愁夫人《フラウゾルゲ》が泡となって消えた
生きよの声を聞きつけて
朝が
光を連れて戻って来た

額のしるし

掟を破ったので
額にしるしがついた
額のしるしを隠し隠し踊った
みなの真似をして踊った

人は結婚しなくてはならない
という掟に従った
結婚したら別れてはならない
という掟を破った

十年以上　公開処刑のしるしを恥じた
咳が止まらなくなった
ある日　掟が無くなったことに気付くと
恥じたしるしも咳も消えていた

安保反対とデモをした
なのになぜ　わたしを縛る掟に
反抗することができなかったのか
反抗しようとしなかったのか

原発反対とデモをした
なのになぜ　額に押された刻印を
削り取ることができなかったのか
削り取ろうとしなかったのか

第五の季節

春夏秋冬がめぐり
次の春になる前の短い季節
北国だけにある
第五の季節
とある詩人が言ったのだよ
とその人は言って
魔法瓶からジャスミン茶を注いでくれた

日が沈んで

物が少しずつ色を失っていく
少しずつ形を失っていく

溶けだしていく色と形
昼でもなくまだ夜でもない
光でもなく闇でもない
そんな町を抜けて
汽車で走るのが好きだ
そんな村を
車で走るのが好きだ

第五の季節の夕暮れ
丘の上で車を止めて
ジャスミン茶を飲んでいる
じっと前を見ている

飛ぶ鳥の影を見ている
今年わたしだけにあった第五の季節

三日間七十八キロ一人で歩く

タリバンは決定した
女を一人で三日以上歩かせてはならない
女が一人で出歩いていいのは七十八キロまでである
女が三日間で歩ける距離は七十八キロだから
ただし　身内の男が一緒ならもっと遠くまで行ける
女は体が強くないので
イスラムは身内の男を付き添わせる特権を女に与えている
そんな特権を与えている宗教がどこにありますかと
タリバン勧善懲悪省報道担当幹部の

ムハンマド・サディク・アキフは誇らしげに語った

高校時代の競歩大会
午後七時校門を出て　翌日十二時に戻って来た
六十九・三キロ歩いた
家に帰ると脚が腫れ　熱が出た
母は医者を呼んだ
三日間　寝ていた
一人で歩いた六十九・三キロ

ガリバーの旅

ガリバーは従者と共に旅をした
ある朝　長靴は泥だらけだった
なぜ磨かなかったかと尋ねると　今日も土砂降り　道はぬかるみ
磨いてもどうせまた泥だらけになりますだと　従者は言った
ガリバーは黙って汚れた靴を履かせた

昼時になったが　さあ飯だと　ガリバーは言わなかった
腹がすきましただと　たまりかねて従者が言った
食べてもどうせまた腹がへると　ガリバーは答え

その日の昼食はなかった

子供心に深く喰い込んだ
食べても　どうせまた腹がへる
食べても　どうせまた腹がへる

ココナッツサブレ

大学の昼休み　廊下に出たら　先生に会った
ちゃんと食べてますかと
先生は訊ねた
はい　大丈夫ですと答えた

これあげますと
先生は手にしていたココナッツサブレの袋を差し出した
ためらいながら受け取った
袋はもう開封されていて何枚かはすでになかった

離婚して
非常勤講師として働き始めたばかりだった
ストッキングが買えなくて夏は素足だったが
飢える程ではなかった

その頃　大学には復員帰りの先生がいた
わたしの先生はシベリヤに抑留されていたという
捕虜収容所で図書室を作り　文集も出して
編集長やったんですよと　いつか先生が笑顔で言っていた

戦闘し　捕虜になって
収容所に入った
図書室や編集長なんて
ほんの小さなエピソード

ほんとうはどんなに残酷な体験をし
どんなに痛く辛い思いをし
どんなに飢えたのだろうか
戦場の屍　ラーゲリの国の凍死と病死

その話を聞いたことはない
お聞きしようとしたこともなかった
その苦悩を想像することもなかった
ドイツ語よりもラテン語に興味を持たれていた先生

ある日先生に　わたしまたドイツへ留学します　と言うと
食べることは考えなくてもいいですよ
やることをやっていれば
食べることはついてきます

やることをやっていれば
食べることはついてくる
そしてその通りになった
わたしが生きた幸せな時代

今　わたしの血糖値は高値安定　毎朝薬を飲んでいる
なのにいつも行く街角のローソン100の棚に
ココナッツサブレがあるのを見ると
つい手を伸ばしたくなる

いつかもらった食べさしのココナッツサブレ
もう食べないココナッツサブレ
でも　やることをやろう　やることをやろう
愛しのココナッツサブレ

あとがき

編集者はちょっと言葉を詰まらせると
老人と言わないで円熟世代の方と言った
円熟　半熟　熟考　熟思
お爺ちゃんは熟柿が好きだった

隣家の庭の大きな柿の木
秋　母は貰った柿を干し柿にし
余った柿は物置の棚に並べて
熟柿になるのを待った

今　隣家は空き家
実家も空き家
ぽたぽた落ちる
熟れた柿の実

円熟世代の人　わたし
熟思と若さが眩しい　思潮社編集者
遠藤みどりさん
一緒に踊ってくれてありがとう

松下たえ子
一九四二年、長野県生まれ

著書
『評伝　エルゼ・ラスカー＝シューラー』（慶應義塾大学出版会）他
訳書
『連詩　闇にひそむ光』（共訳、大岡信編、岩波書店）他

そそら　そらそら　わたしのダンス

著者
松下《まつした》たえ子《こ》
発行者
小田啓之
発行所
株式会社 思潮社
〒一六二-〇八四二　東京都新宿区市谷砂土原町三-十五
電話 〇三（五八〇五）七五〇一（営業）
〇三（三二六七）八一四一（編集）
印刷・製本
三報社印刷株式会社
発行日
二〇二三年三月三十一日